푸른사상
시선

83

내일은 무지개

김 광 렬 시집

푸른사상 시선 83

내일은 무지개

인쇄 · 2017년 11월 25일 | 발행 · 2017년 11월 30일

지은이 · 김광렬
펴낸이 · 한봉숙
펴낸곳 · 푸른사상사

주간 · 맹문재 | 편집 · 지순이, 김수란 | 마케팅 · 김두천, 이영섭
등록 · 1999년 7월 8일 제2-2876호
주소 · 경기도 파주시 회동길 337-16(서패동 470-6) 푸른사상사
대표전화 · 031) 955-9111(2) | 팩시밀리 · 031) 955-9114
이메일 · prun21c@hanmail.net / prunsasang@naver.com
홈페이지 · http://www.prun21c.com

ⓒ 김광렬, 2017

ISBN 979-11-308-1238-0 03810

값 8,800원

푸른사상 시선 83

내일은 무지개

여기에 실린 시들은 다른 누군가 쓴 것 같다.

시집으로 엮으려고 정리하다 보니

내 안에 이런 마음들이 부스럭거리고 있었나,

하는 생각으로

한동안 참 불편했었다.

허나, 내 안의 못나고 부끄럽기 짝이 없는

다른 누군가도 넓게는 나다.

누가 뭐라 해도 이 시들은

내가 아파하며 낳은 자식들임이 분명하다.

2017년 겨울, 제주에서
김광렬

| 차례 |

■ 시인의 말

제1부

제2부

제3부

제4부

| 차례 |

제5부

제6부

제1부

나의 시

깊은 늪에 빠져 허우적거리게 하는 환멸 덩어리

어느 날 어느 누군가 툭, 내민

달콤하고도 불량한 고깃덩어리

천국과 지옥 사이를 흐르는 끈적끈적한 핏줄기

잘못 다스려 덧난 종기에 다시 고이는 피고름

수백 번 내팽개쳤다 다시 쓰다듬어 안는 가련한 꽃

벼랑 끝에서 간신히 움켜잡는 아슬아슬한 나뭇가지

수련

그믐달이 활시위를 당긴다

핑, 하고
화살이 날아가 꽂힌 자리

꽃이 핀다

아침 연못에

파르르 떠는

하얗고 붉은,

시(詩) 꽃잎 몇 장

뼈다귀를 문, 시인

스스로 내려놓을 때까지
악착같이 물고 있다
누가 가서 몽둥이를 들거나
달콤한 말로 달래보아라
반짝, 금 갈 것 같은 어금니
거친 숨 몰아쉬며
두 눈 캄캄하게 번뜩인다
삶의 안팎이기도 하면서
유희의 수단이기도 한
저 뼈다귀를 악, 문 개
세계의 모든 시인들도 저렇게
시를 붙들고
죽어라고 놓지 않는다
누가 한번
마음 독하게 빼앗아보아라

무르익지 않겠다

무르익지 않겠다
무르익는다는 것은 완성된다는 뜻
그래서 어디 온전한 곳에
화분처럼 곱다랗게 놓이거나
알 수 없는 곳으로
아주 사라진다는 뜻
차라리 나뭇가지 끝에서
가슴 설레며 한 천년 세월
독한 가시를 키우겠다
무르익을 대로 무르익어
땅바닥에 떨어질 날만
하염없이 기다리지 않겠다
그 가시로 나를 찌르겠다

나는 나다

사람은 죽어 이름을 남기고
짐승은 죽어 가죽을 남기듯
어떤 말은 숨을 거두면서
길고 뾰족한 두 귀를 남겼다
전라북도 진안군 어느 산자락
죽은 말이 살아 있는
마이산(馬耳山)으로 간 나는
내 귀를 쑥쑥 키워
산의 귀에 대보았다
간신히 맞추었다 싶은 순간
내 귀는 스르르 작아지며
더는 산의 귀가 되지 않았다
나는 왜 닮을 수 없는 형상과
같아지려 하는가
마이산은 마이산으로 존재하듯
나는 내 모습으로 살아가는 것,
그것이 삶이다
작고 볼품없어도 나는 나다

꽃을 꺾다

꽃과 죄는 같다
꽃에는 늘 범죄의 향기가 난다
꽃향기를 들이마신다
톡, 쏘는 냄새의 뾰족함
황홀함이 나를 적신다
불현듯 검은 유혹에 빠져든다
꽃을 꺾는다
얼마의 시간이 흐른 뒤
왜 꺾었지 하는 후회가
잠시 나를 후벼판다
허나, 이미
루비콘 강을 건너버렸다
옳든 그르든 삶은
내딛는 첫발이 결정한다
지금 내가 꺾어 든 이 꽃은
나에게
나는 꽃에게 검다
꽃과 나와 죄는 같다

새의 부리

　— 강요배 화백의 어떤 그림

삐쩍 마른 그의 어떤 그림은

수평선이나 지평선에서

달을 띄워 올리지 않는다

화덕 같은 다랑쉬오름 분화구에

솥처럼 풍성한 낮달을 앉혀두었다가

맑은 유자 빛깔로 무르익을 때쯤이면

섬뻑 입에 물어 들고

하늘로 올라갈 채비를 한다

그의 손이 새의 부리다

회(鱠), 날아오르다

주방 조리사의 시퍼런 칼날이 춤출 때마다
접시로 날아가는 흰 살점의 회들에게서
눈이 돋아나는 것이 보였다
유리창 저 너머 바다에 눈을 맞추는 일은
찰나에 불과했다
그래도 바다를 보기 위해 흰 살점들은
도마와 접시 사이 허공을 힘차게 날아올랐다
식솔들이 무척 그리웠을 것이다
지느러미를 부비고 가는 부드러운 물살을
느끼고 싶었을 것이다
흐느적이는 바다풀더미 사이에서
잠시 쉬고 싶었을 것이다
한 번만이라도 더 한 번만이라도 더
바다를 바라보기 위해 살점들은
흰 눈을,
유리창 너머로 쉴 새 없이 날려 보냈다

힘

— 이중섭 화백의 〈황소〉 그림을 보며

여기저기 어지럽게 널린 뼈다귀들

재빨리 주워 모아

이리저리 꿰어 맞춘 황소가

삐걱거리는 몸 추스를 겨를도 없이

두 눈 딱, 부릅뜨고

뿔 당차게 앞으로 내밀고

쇠뭉치 같은 콧김 내뿜으며

발가락 으스러져라 땅바닥도 긁으며

금방이라도 그림 속을 뚫고

뛰쳐나올 것 같다

악기를 든 여인들
— 채기선 화백에게

소설(小雪) 하루 지난 날, 눈은 내리지 않고
비 오다 그쳐 하늘만 우중충한 날
채기선 화백 화실에 놀러 갔다가
그림 속 악기 든 여인들을 만났다

악기를 연주해야 악기 소리가 난다고 말하지 마라
소라 껍데기에 귀 기울이면 파도 소리 들리듯
연주하지 않아도 귀에 번지는 악기 소리

마음의 문을 열면 들리느니
귀 닫힌 베토벤도 마음으로 영혼의 소리를 들었듯
마음으로 그림을 읽는다

고뇌 속에서 탄생하지 않는 예술은 없다
허기를 짊어지고 고통을 지팡이 삼아 그대,
들판과 오름과 바닷가와 절망 속을 헤매 다녔느니

더 헤매 다녀야 하느니

죽음에 이를 때까지
아니, 죽어서도
저승의 쓰리고 아픈 말씀
화폭에 옮겨 심어야 하느니

마음이 마음을 열어 마음 한가운데 길을 낸다

겨울 편지

너에게서 포근한 겨울옷을 받았다
한 올 한 올 정성 들여 짠 옷,
검은 잉크 냄새가 난다
너의 느낌이
한 줄기 빛처럼 내 안으로 스며들어
차갑고 어두운 것들을 밀어낸다
나는 내 비밀한 옷장에
너를 접어 넣어두었다가
바람이 쓸쓸할 때면 꺼내 입는다
너의 기쁨과 슬픈 입김이 묻어 있는
이 겨울옷이 나를
아늑한 별 밭으로 데리고 간다

차를 마시며

가끔 외로이 차(茶)를 마시다 보면
쓴맛이 혀끝에 닿을 때 있네
그럴 때면 찻잎을 딴 사람과
덖고 비벼 말리는 두꺼비 같은 손과
거기 얹히는 무거운 땀방울을 생각하네

내가 쓰는 시도 마찬가지
이 시는 왜 이리 떫어
농밀한 맛이 한참은 떨어지잖아
누군가 그렇게 말한다면
머리 한 귀퉁이 하얘질 것이네

그래서 나는 다시 생각해보네
아무리 시간에 쫓기더라도
어린 순을 잘 골라 따야겠다고
마음을 다해 덖고 비비고 말려야겠다고
그리고 세상의 혀끝에 맡겨버릴 것

제2부

삶

내가 저 샛노란 은행잎처럼
햇살에 눈부시게 반짝이다
가진 것 하나 없이
떨어져갈 존재임을 안다면
추락하는 깃이 가벼우리라

등나무 꽃길에서

땅바닥에 지천으로 떨어진
등나무 꽃을
아주머니들이 쓸고 있다

재미있다는 듯
빗자국 위로
등나무 꽃 또 떨어진다

분분히 흩날리는 모습이
황홀하다며
바람 더욱 짓쳐 간다

아주머니들 잠시 넋 놓고
떨어지는 꽃잎을
하염없이 바라보고 있다

관객 모독

한 연극연출가가 무대 뒤에서
관객을 모독했다 그는,
엄청난 입장료를 받아 챙기고
아무런 감동도 주지 않았다
관객들의 실망과 분노는
집으로 돌아가서도
다음 날 잠에서 깨어나서도
가라앉지 않았다
그 연극연출가에게 그 이유를
조심스럽게 말했어야 했다
그대로 방임한다면
또 다른 방법으로
여전히 관객을 유린할지 모른다

안개

연막탄 같다
그 흐릿한 밀실에서
무슨 음모가 자라나는지
알 수 없다
눈을 가늘게 뜨고
뾰족하게 귀를 모아보지만
눅눅한 땀방울만
온몸을 타고 흐를 뿐이다
검은 소문들은
여기저기 창백하게 떠돌지만
의문은 잿빛이어서
섣불리 단정할 수 없다
안개가 뿌연 안개가
꾸역꾸역 밀려오고
또 밀려와서는
그 모든 것을 감춰버린다
그 굳게 닫힌 문이
저 혼자 키득거리며
세상을 조롱하고 있다

피톨들의 물음

긴장(緊張)하라는 말을 들었다 나에게서, 찬물을 끼얹은 듯 온몸이 응축되면서 헤아릴 수 없는 피톨들이 쿵쿵 가죽 북을 두드려댔다 이대로는 안 돼 깨어나야 해, 그것은 내 안에서 들리는 신음 소리였다 어쩔 줄 몰랐고, 우울했고, 그래서 순간적으로 아무 곳에나 퇴 퇴 침방울을 뱉어냈고, 괜히 탁자를 툭툭 쳐댔다 나태했던 시간들이 머리카락 곤두세우며 나를 찔러댔다 세계는 변화하는데 내가 머물러 있는 곳은 옛날의 외진 오솔길이거나 낡은 초가집? 그곳이 아주 나쁠 리는 없지만 정체된 공간임이 분명했다 한 집에서의 편안한 칩거를 거부하지 않으면 미래의 나는 없을 것 같은 끝없는 불안감, 어떻게 해야 하는가 그 답을 나는 아직 찾지 못했다 여전히 틈만 나면 쿵쾅거리며 심장을 치는 피톨들, 그들의 끈질긴 물음을 나는 찾아주어야만 할 것 같다

신화

팔뚝만 한 고구마들이 그 밭에서 나왔다
팔뚝만 한 고구마들은 주인을 잘 만난 것이다
처음엔 온갖 어려움을 겪었던 가난한 주인이
길 가다 마주치는 소똥, 말똥을 가리지 않고
거름이 될 만한 것들을 주어다 밭에 뿌렸다
도토리 같은 고구마들이 깨알만 했을 때
밤톨만 한 고구마들이 도토리만 했을 때
팔뚝만 한 고구마들이 밤톨만 했을 때
팔뚝만 한 것이 되리라고는 아무도 예상 못했다
그 깨알만 하던 것이 팔뚝만 한 것이 된 것은
보이지 않는 주인의 보살핌 때문이다
아니, 주인의 마음을 읽을 줄 아는 고구마 때문이다
아니, 주인과 고구마의 이심전심 때문이다
아니, 이들을 긍휼히 여긴 하늘의 은혜 때문이다
아니, 그것은 주인과 고구마와
하늘의 융숭한 뜻이
삼위일체를 이루었기 때문이다
신화는 화려한 장신구가 아니다
동터오는 새벽의 핏빛 여명 같은 것이다

채널 바꾸기

광장의 촛불을 품고 다른 세상이 열렸다
창백한 시대가 쇠사슬 끌며 사라졌다
이제 보기 싫은 얼굴 때문에
텔레비전 채널을 돌리지 않아도 된다
보기 싫다고 딸깍 채널을 돌리는 짓이
얼마나 가슴 미욱한 일인지 모른다
사람이 사람을 미워하는 일이
얼마나 수렁 같은지 아는 사람은 안다
내 안의 나가
또 다른 나를 힘껏 밀어내버리는 것 같다
무슨 알 수 없는 음모를 꾸미는지 모른다고
무언가 세상의 수레바퀴를
잘못 굴리는 것 같다고
의심하면서 채널 바꾸는 일이
사람이기를 그만둔 사람 같아 소름 돋는다

촛불 광장에서

오늘, 광장의 촛불은 보여준다

바위는 수많은 알갱이들로 바스러지며 변화하고

헤아릴 수 없는 알갱이들로 바스러진 흙들은
다시 모여
단단한 암석으로 다져지며 진화하고

하나하나의 촛불들은
도도한 강물로 흐르며 진보한다는 것을

이 나라를 망쳐온 껍데기들은
촛불에 타 한 줄기 연기로 사라져라

촛농이 흘리는 눈물 뼈아프게 새겨라

나는 잘못한 일이 없다고?

진실을 도륙하는,

저 사특한 눈동자와 검은 혀의 잎사귀들

광장은 새날을 꿈꾸며 최후까지

가슴 가슴에 뜨거운 촛불을 불끈 움켜쥔다

촛불 편지

촛불 광장으로 나와 촛불을 켜 들 수 없는 당신은 지금,
푸른 기와집 모래 위에
더 무슨
푸른 기와집을 짓기 위해 골몰하고 있는지?

딱딱. 촛농 떨어지는 광장의 소리 귀에 안 들리는지?

다 타버린 차디찬 등(燈) 부둥켜안고
아직도
화사한 애벌레 꿈을 꾸고 있는 것이나 아닌지?

헐벗은 개돼지들은 더는 가축이 되지 않기 위해
촛불 밝히고 이 혹독한 겨울을 밀어내고 있는데
당신은 이제 거꾸로
가축이 되기 위해
그 자리에 웅크리고 있는 것이나 아닌지?

진실을 구부려 거짓을 담금질하는 일이

그렇게 달콤하고 재미있었는지?

재미있는지?

사방천지 손 닿고 손 닿는 곳마다

혼란스러운 땟자국, 상처 자국, 난파선 자국

제발 이제 더는 등불 켜지 말기를

한 나라를 밝히는 등불은

아무나 섣불리 켜는 게 아닌 것

옷이 맨살을 보호하듯 등불은,

아름답고 빛나는 현재와 미래를 위해 켜는 것

참 이리도 불편하게

띄우고 싶지 않은 촛불 편지를 띄우게 만든 당신

끝까지 광장을 잠들지 못하게 하는,

찬란한 인두겁을 쓴 당신은 어느 별에서 온 누구신지?

꿀잠을 위해

가을볕 모처럼 따사로운 도서관 앞뜰
벤치에 늘어지게 누워 한 사람
모락모락 단꿈을 피워 올리고 있다
어디선가 본 듯한 얼굴이다
오래 궁리하지 않아도 알 수 있다
지난 토요일 제주시청 앞 촛불집회에서
촛불을 켜 든 사람이다
한낮의 낮잠과 촛불집회—
참 이질적인 풍경이군,
혼잣말하던 나는 얼른 생각을 고쳐 든다
저 한 줌의 꿀잠을 지키기 위해
저 사람은 용기를 내어 그 밤에
꽃무리 같은 촛불을 켜 들었던 것이다

물속에서의 마지막 독백
— 세월호 참사 때 물속에 갇힌 아이들 심정으로

발가락을 적시던 물이 발목을 정강이를 허리께를 가슴을 턱을 입을 코를 그러다가 한꺼번에 나를 에워싸요 숨이 차요 물속에서는 모두 물이 되어야 한다며 물이 콧속으로 입속으로 뽀글뽀글 물밀려 와요 모든 기억들이 점점 멀어져가요 내가 꾸던 꿈들도 함께 저 멀리 달아나요 지상의 나와 같은 또래 아이들은 이 순간에도 저마다의 달콤한 꿈을 꾸고 있겠지만 물이 이제는 다른 꿈을 꾸라고─ 수업을 마치고 집으로 돌아가는 꿈을 꾸지 말라고, 엄마와 아빠를 만나는 꿈도, 가슴 설레며 누군가를 기다리는 꿈도, 시를 읽는 꿈도, 누군가를 사랑하는 꿈도, 친구들과 어울려 떡볶이나 자장면을 먹는 꿈도 꾸지 말라고 해요 나는 더 많은 꿈을 꾸고 싶다며 숨을 참고 또 참아냈지만 아무도, 아무도 나타나지 않았어요 이제 더 이상 나는 아무 꿈도 꿀 수 없어요 물이, 물이 끝없이 나를 어디론가 끌고 가요 바다풀들이 물고기들이 흐느적거리는 산호초들이 무시무시한 검은 암반들이 저 멀리 발아래 보이는가 싶더니 점점 까마득해져가요 아주 안 보여요 무서워요 아니, 무섭지 않아요 내 안에 사랑하는 사람들을 품고 가니까요 슬퍼할 일도 아파할 일도 괴로워할 일도 이제는 없겠지요, 엄마

감자 냄새 맡는 사람

흠흠 하고 왜 감자 냄새를 맡아서는 안 되는가 꽃에서 꽃 향기 나듯 감자에도 코를 갖다 대면 흙냄새가 날 것이다 제주도 흙 향기거나 전라도 흙 향기, 아니면 경기도나 강원도, 또는 충청도나 경상도 흙 향기…… 어느 곳 향기든 사실 상관없다 사람에게는 가끔 질박하면서도 싱그러운 흙냄새가 그리울 때 있으니까 그런데 그런 게 아니었나 보다 그 재래시장 감자 가게 주인은, 감자를 사는데 감자 냄새 맡는 사람은 없다고, 무슨 향기를 지닌 바나나나 밀감이나 참외를 사는 것도 아니고…… 감자 냄새를 맡는 것은 자연스럽지 못한 행위라고 말했다 왜 그런가? 그것도 다 남다른 취향이고 자유 행위인데 허나, 거듭 아니라는 것이다 열 번 백 번 양보하더라도 그건 쫙 소름 끼치는 거짓 연출에 불과하다는 것이다…… "우리가 언제까지 속아주며 살아야 하는지 원, 쯧!"

제3부

핵 꽃

수천수만 수억의 꽃잎들이
한 묶음 꽃다발로 피어나는
저것은 꽃이 아니다
그냥 무심히 보면
그저 황홀해 보이기까지 하는
저 버섯구름 같은 꽃
나비도 잘못 앉았다가는 피 묻는
사람도 가까이 다가갈 수 없는
저것은 독 묻은 꽃이다
살상무기다, 텔레비전에서
핵실험 영상을 보면서
저것은 독 묻은 꽃이 아니라
살인무기가 아니라
진짜 꽃이었으면 할 때
너의 생각이 참 한심하다며
무슨 천 조각처럼
조각조각 스스로를 찢어내다가
잿더미로 흩날리는 핵(核) 꽃,
그 인에 숨은 고집이 무섭나

빵부스러기들

까만 옷 뒷덜미에 하얗게 비듬이 내려앉듯
빵부스러기들이 식탁에는 물론
마룻바닥에도 내려쌓여 있다
직사각형의 작은 부엌창유리로
뿌윰한 한줄기 햇살이 날카롭게 스며들어
나의 눈에 선명히 비춰주는 그것들은
지난밤에 다녀간 정체를 알 수 없는
어지러운 꿈 조각들 같았다
내가 꿈을 이리저리 끌고 다닌 것인지
꿈이 나를 데리고 다닌 것인지
마디마디 분절된 꿈의 각다귀들은
이곳저곳을 뛰어 다니거나 붕붕 날아다녔다
(허나, 아침에 일어나자 그 꿈 내용들은
그저 어렴풋할 뿐이었다)
그런데 오늘 아침 빵부스러기들 위에
그 꿈 조각들이 겹쳐지는 이유는 무엇일까
그것은 막연히 혼란스럽고 불안하고
평화롭지 못한 심리 상태의 간접적 표출?

어쨌거나 아침식탁 주변에는

꿈의 파편들처럼,

국제 정세 속의 우리나라처럼,

빵부스러기들이 어수선하게 널려 있다

트럼프와 김정은의 가시 돋친 설전(舌戰)이

설마, 하는 사이

무모한 전쟁을 불러일으키는 것은 아닐까?

제발 그런 일이 없기를 간절히 빌 뿐

꿈은 얼마든지 사나워도 좋으니

빵부스러기들은 멋대로 흩어져도 상관없으니

상처 없이 피는 꽃은 없다

옛 시절 바닷가 어느 호젓한 마을에서 전복을 먹다가

딱딱한 것이 씹혀 뱉은 일이 있다

진주였다

상처 난 전복이 진주를 만든다 했던가!

하얀 것이, 하얀 바탕에 푸르스름한 기운이 감도는
그것이

나무의 옹이처럼 한 목숨의 상처였다니

상처가 이리 아름답다니

상처가 이리 광휘로운 속삭임이어도 된다니,

처음 나는 아주 작은 돌을 씹은 줄 알았다

손바닥에 올려놓은 뒤 진주라는 사실을 알았을 때

그리고 이 세상의 아름다운 것들은

안에 상처를 품고 자라난다는 것을 되새겼을 때

나는 상처를 사랑하기로 했다

상처 없이 피는 꽃은 없다

전쟁과 평화

나의 살을 떼어주고
너의 뼈를 얻을 것인가
너의 살을 베어내고
나의 뼈를 내줄 것인가
아니면, 너와 나의 살과 뼈가
모두 안녕하도록
평화롭게 살 것인가
그것이 문제다

사랑과 평화
— 전쟁 영화를 보며

늦은 밤 전쟁터에 꽃피는 사랑 이야기를
넋 놓고 하염없이 따라가다가
나도 저런 사랑 한번 해봤으면 하기도 하다가
아니, 그것이 아무리 검붉고 애잔한 사랑이어도
수많은 목숨들 빼앗아가는 전쟁은 안 된다고
차라리 검은 그림자 일렁이는 불안한 평화가 낫다고
책장 넘기듯 한 장 한 장 장면을 넘길 때
살육은 이렇게 아픈 거라며
뚝, 떨어지는 창가 화분의 붉은 꽃잎 한 장

부끄러움이 나를 부스럭거리게 한다

커피가 니그로의 눈물이라면
사막이 낙타의 고통이라면
촛농이 대한민국의 아픔이라면
바람은 제주의 한숨

나는 여태껏 니그로의 눈물을 마셔왔고
얼마 전에는 사막의 낙타를 탔었고
지금은 제주시청 앞에서 촛불을 켜 들었고
아주 오래전부터 제주의 한숨 속에 살아왔다

몰랐다, 나는

내가 마신 커피가 채찍의 핏자국이었다는 것을
내가 탔던 낙타가 고통으로 뭉쳐진 고름 덩이였다는 것을
내가 켠 촛불이 사람들의 찢긴 가슴이라는 것을
내가 호흡한 바람이 눈물로 범벅된 한숨이었다는 것을

모든 게 당연하다고 생각했을 뿐

통증은 잎사귀에 잠시 몸살 앓다 가는
바람 같은 것이라 여겼을 뿐,

이제 부끄러움이
못 견디게 나를 부스럭거리게 한다

공포제작소
― 4월에

아직도 씨앗을 터트리지 못한 열매들이 있다

아직도 허리 펴지 못한 고사리들이 있다

아직도 벌어지지 않는 꽃봉오리들이 있다

아직도 이승을 떠도는 영혼들이 있다

아직도 울음을 다 끝내지 못한 가슴들이 있다

아직도 빛 속으로 나서지 못하는 사람들이 있다

아직도 두려움을 만드는 공포제작소가 있다

이마에 잔뜩 어두운 그림자 드리우며

그들이 방영하는 다큐멘터리를

나는 식은땀 흘리며 꿈속에서조차 본다

언제 한번 마음 터놓고

하얗고 파랗고 노랗게 웃을 수 있을까

꽃 피는 봄날에

말할까 말까 망설이다
드디어 꺼내 드는 말처럼

멈칫멈칫
손가락 펼쳐 드는 봄꽃들

너는 나에게로
나는 너에게로 다가가
사랑한다는 말 건넸으면

핵이
사드가
공포로 자라나는 이 땅에

사랑한다는 말이
그 위를 하얗게 덮었으면
파릇하게 물들였으면

꽃 피는 봄날이
왜 이리 우중충한가,

핵 사드 다 버리고
서슴없이 다가가
서로 힘껏 껴안았으면

하늘 감옥에서
― 결례를 무릅쓰고, 광고탑에 오른 사람들의 심정으로

내가 무서움을 몰라서
구름 발판을 밟고 선 것은 아니다

내가 입맛을 잃어서
빈 허공을 뜯어 먹는 것은 아니다

나 혼자 훨훨 새가 되기 위해서
날개를 펴 든 것은 아니다

땅 위에 서 있기 위해서
사람과 사람 사이에
사람으로 걸어가기 위해서
평등해지기 위해서
노래하기 위해서
무엇보다도 사랑하기 위해서

위험을 무릅쓰는 것이다
살 떨림을 참는 것이다

보고 싶다

삼십여 미터 광고탑을 내려와

얼른 집으로 돌아가고 싶다

그저 소소해지고 싶다

된장찌개 보글보글 끓여

낯익은 얼굴들과 아주 오랜만에

따뜻한 밥 한 끼

마파람에 게 눈 감추듯 먹고 싶다

아프겠다

수천수만 개의 화살이 박힌 별들이 아프겠다

장독대 맨드라미꽃 사이
한 송이 맨드라미꽃인 양 숨어
치맛자락으로 눈물 훔치던 옛 어머니처럼

혹은, 가습기 살균제로 아이를 잃은 엄마의 마음처럼
그래서 폐허가 된 가슴처럼

믿음이 배신으로 바뀐 어둑한 세상

아파 뜬눈으로 밤 하얗게 지새웠겠다

흐르는 눈물 베갯머리를 적셨겠다

깊이를 알 수 없는 슬픔을 만들어놓고서도

나와는 상관없다며 완고하게 발뺌하는 사람들,

스토커?

사과하고 싶었다, 나는
주위가 떠나갈 듯 기침이 쏟아져 나왔고
침방울이 옆자리에 앉은 그녀에게 튀었고
그래서 더듬거리며 사과했다
괜찮다고 그녀가 대답했다
그래도 무언가 모자라다고 생각한 나는
침방울 때문에 화났을 거라고
진짜 미안하다고 거듭 사과했다
그러자 그녀는 사람이 그럴 수도 있지
짜증나게 왜 그러느냐고
은근히 겁먹은 소리까지 냈다
사과를 받아주지 않는다고 착각한 나는
공연장을 나서는 그녀를 뒤따라가면서까지
다시 거듭거듭 사과했다
사색이 된 그녀가, 갑자기,
길바닥에, 철퍼덕, 주저앉더니
제발 내 곁에서 사라져달라고 애걸했다
그 상황까지 사과하지 않으면 안 될 것 같아서
그녀가 진정될 때까지 나는
일빠진 사람 처럼 시시 밍 연이 기다렸다

강정의 내세

영혼불멸설을 주장하는 사람들의 집 곳간은
늘 풍족했다
예측 가능한 고정적인 수입이
현세만 아니라 내세에도 지속되기를
바랐다 반대로,
예측 불가능한 일들이 자주 발생하는 집 곳간은
변화무쌍했다
배부를 때도 있다면
배곯을 때도 많았다
그래서 세상은 악마가 다스린다고 생각했다
양자의 한가운데 서 있는
사람들도 있다
현세의 고통을 내세에서 보상받기를
바라는 간곡한 마음,
환경이 사상을 만들고
그 때문에 인류는 싸우고 화해하고
또 싸운다
이미 찢길 대로 찢긴 몸에
해군 구상권 폭탄까지 맞고 신음하는
강정의 내세는 어떤 곳일까

제4부

제주 바다는 젖어서 돌아온다

제주 바다는 젖어서 돌아온다
젖은 채 먼 곳으로 떠났다가
젖은 채 돌아온다
젖지 않고서 돌아오는 일은 없다
젖는 일은 숙명이다

이 세상에는 제주 바다처럼
젖지 않은 사람은 없을 거라고
누군가에게 말했더니
요즘 시대에 그런 사람 어디 있느냐며
참 세상 경험이 얕군, 한다
그 말이 나를 표류하게 한다

제주 바다는 젖어서 떠나고
젖은 채 돌아온다
젖지 않으면 제주 바다가 아니다
제주 바다로 가서 몸을 담가보라
젖어 돌아오지 않는 사람은 없다

나의 뿌리

뿌리는 식물에게만 있는 것은 아니다
나에게도 있다
나를 여기 있게 한 조상이 나의 뿌리라면
나는 내 자식들의 뿌리이기도 하다
그 뿌리만 있는 것이 아니다
내 몸과 손톱과 발톱과 세포도 나의 뿌리다
눈에 보이지 않은 곳에도 있다
무엇인가를 생각하게 하는 것들
가령, 어떤 책을 읽을 것인가
어떤 물건을 사야 할 것인가
어떤 길을 걸어가야 할 것인가
한없이 망설이고 주저하다
끝내는 어느 한쪽을 선택하는
그런 일들 모두가 나의 뿌리다
그런 생각들이 나를 살아 있게 한다
나를 뒤척이게 하는 모든 것들이 다 뿌리다
나는 생각의 허공 속에
든든히 나의 뿌리를 뻗어나간다

그것은 때로 극히 허약할 때도 있다

나를 표류하게 하기도 한다

삭정이처럼 뚝 부러지고 싶을 때도 있다

허나, 모든 것을 이겨내야지

하고 마음먹었을 때

핏줄기를 타고 알 수 없는 생명의 힘이

악쓰듯 불끈 뻗쳐오르기도 한다

나무뿌리와 같은 뿌리가 나에게도 있다

혈족(血族)

열셋 소년 나이로 사망한 큰아버지
곱게 삭은 뼈가
거의 백 년 가까이 이르러
사금파리처럼 반짝 모습을 드러냈다

햇볕 속에서의 첫 대면

"너희 큰아버지를 가족 공동묘지로 이묘해야 할 텐데, 자
손이 없어서 언젠가는 딱 골충*이 되기 십상일 터……."

살아 계실 때 아버지의 말씀

옮겨, 아버지 윗자리로 모시고
맑은 술도 쳐드렸다
비로소 오랜 소망이 이루어졌다

그러고 보니
큰아버지도

아버지도

나도

그 자리에 모인 모든 가족들도

새삼 가슴 뜨거운

한 핏줄기였다

* 골총 : '버려진 무덤'을 뜻하는 제주어.

잃어버린 어머니를 찾아서 1
― 조밭과 어머니

조밭 검질*을 맬 때였다

조막손 시절에

조막손으로 자라나는 이파리들

칠월 끝 무렵을 달구는 뜨거운 볕

바람도 어린 싹들을 흔들지 않았다

가만히 있어도 눅눅하게 번지는 구슬땀

과연 인내는 썼다

몇 번이나 꾹 눌러 참다가

어머니 혼자 밭에 놔두고

슬그머니 꽁무니를 빼고 말았다

기억하고 있을까 어머니,

저승에서 쓸모없는 녀석 하고

덤덤히 웃고 있지나 않을까

또, 내가 버리고 간 그 조 이파리들

그래도 잘 자라

어머니가 지어주는 그 밥을

나는 달게 먹었다

염치없이, 염치없이

먼 훗날 깨달으라고

어머니, 조 이삭들 멀리서 지그시

못난 나를 지켜보기만 했다

* 검질 : '잡초'에 해당하는 제주어.

잃어버린 어머니를 찾아서 2
― 구렁이 이빨 자국과 어머니

집 가까운 길가에서 벗들과 놀고 있을 때
밭일 나갔던 어머니가 저 멀리서
절뚝절뚝 숨 가쁘게 뛰어왔다
"어머니, 무사 경햄수꽈?*"
깜짝 놀란 내가 물었다
"뱀에 물려쪄"
말에도 색깔이 있다는 것을 그때 알았다
샛노랗게 질린 창백한 빛깔,
어머니는 다급히 골목길로 꺾어 돌고
나는 따라갈까 말까 망설이다가
하던 놀이를 그만두지 못했다
독사가 아니어서 퍽 다행이었지만
왜 그때 나는 다가가서
어머니를 부축하지 못했던 것일까
어머니 발등에 꽉 찍힌

구렁이 이빨 자국보다도 더 못돼먹은 자식

* 무사 경햄수꽈? : 왜 그러십니까? 정도의 뜻에 해당하는 제주어.

잃어버린 어머니를 찾아서 3
— 디디티의 추억

아는 사람은 다 아는 사실이지만 예전에 디디티라는 하얀 가루약이 있었다 2차 세계 대전 당시 말라리아 발생 지역에 대량으로 살포되었다는, 일종의 살충제다 1960년대 후반 한 때, 그것을 나는 온몸에 바르고 다녔다

어느 날 옴이라는 기생충이 내 몸에 옮겨 붙었다

암컷과 수컷이 수없이 짝짓기를 했다

구석진 곳을 찾아 번식해나갔다

몸이 간지러워 마구 긁어댔다

손톱 찍힌 자리에 무수히 붉은 꽃 피었다

어머니는 헝겊에 약물 묻혀 빡빡 문질렀다

깊이를 알 수 없는 디디티의 독성이 쓱쓱, 상처를 찌르며

살갗 속으로 파고들었다 중독되어 죽을지도 모른다는 두려움 허나, 그것을 이겨낸 것은 그때 어머니의 간절한 눈빛 때문이었다는 사실을, 왜 나는 먼 훗날에야 깨달은 것일까

따뜻한 숨결

보리밭이 펼쳐져 있다
보리들이 숨 쉬고 있다
팽창하는 숨구멍이 보이는 듯하다
숨구멍을 빠져나온 공기 방울들 푸르다
그래서 보리밭은 온통 따뜻하다
지금 나는 살 것 같다
잿빛 도시로부터 와서
푸름을 뒤집어쓴 내 영혼,
보리처럼 쑥쑥 자라날 것이다
누렇게 무르익을 때까지
탄탄하게 여물 때까지
거둬들일 때까지
밥그릇에 담길 때까지
푹 썩어 거름이 될 때까지
결국 무엇을 남기는가?
세상의 한 그릇 따뜻한 숨결이다

돼지감자 밭에서

나는 땅을 파고
당신은 부드럽게 흙을 고르고
함께 돼지감자를 심었으니
당신과 내가 흘린 땀을
피땀이라 하자

피땀을 받아든 돼지감자가
우리를 배신하는 일은 없을 테니
설령 배신한다 할지라도
진실로 그만큼 애썼으니
더는 욕심을 부리지 말자

얼마 되지 않아 다시 가봤더니
어, 이것 봐라
새파란 어린 순이 돋아났다
당신과 내가 흘린 피땀이
순백한 믿음으로 되돌아왔다

맑은 소리

창밖에는 빗소리 끊겼다 이어졌다 하고
건넌방에는 아내의 재봉틀 돌아가는 소리
빗소리와 재봉틀 소리는 살아가는 소리다
모든 생물들 살아 꿈틀거리라고
하늘은 비를 내리고 아내는 박음질한다
일을 한다는 것은 즐거운 일이다
허나, 사람들은 짐짓
일에는 귀천이 없다면서
실제로는 높낮이를 둔다
어떤 사람들은 불평한다
내가 이런 하찮은 존재밖에 안 되느냐고
그만두고 싶다고 떠나고 싶다고
그러나 어떤 사람들은 이를 악문다
세상에 손쉬운 일은 없다고
오직 내가 선택한 길을 끝까지 걸어가겠다고
말하는 듯 비는 기세를 몰아 더욱 퍼붓고
아내의 재봉틀 소리도 숨 가쁜 고비를 넘는다
나는 나에 대해서는 말하지 않겠다

지금 나는 오로지

소리와 소리에 집중해 있다

빗소리는 아내의 재봉틀 소리와 닮았다

이 늦은 밤

생기 잃은 세포들을 깨워 일으키는

저 맑은 소리,

내 찢긴 영혼을 또박또박 박으며 지나간다

겨울나무를 바라보며

창밖에는 한바탕 눈 퍼부을 것 같은 날씨
잔뜩 흐린 구름 나무 끝에 내려앉았고
나는 지나간 한 순간이 그립다
그때, 엄마 아빠가 고향에서 올라왔다고
아이들 마중 나와 참 오랜만에 네 식구가
오붓하게 깡통구이 집을 찾아들었다
달뜬 말소리와 뒤섞여
석판에는 지글지글
삼겹살 익어가는 소리
한잔 술에 얼굴이 꽃잎처럼 붉어 드는데
낯선 곳에서 정겨운 얼굴과
마주하는 그 기쁜 순간은
아주 사라지지 않을 것 같았다
허나, 만나면 헤어지고 다시 만나는 것이
사람 사는 일
지금은 떨어져 있다고 슬퍼할 것은 아니나
보고 싶은 마음 못 견디게
가슴 한 귀퉁이 눈발처럼 붐빌 때

저 창밖 외로운 겨울나무를 바라보며

이 쓸쓸함 든든히 이겨낼 수밖에 없다

한나절나기

도서관 서고 북쪽 창가에 선 채

아침 아홉 시부터 열두 시 무렵까지

책 읽기

책 읽다 멍하니 생각하기

생각하다 밖으로 나가

자판기 커피 홀쩍이며

싹둑 자르지 못하는 담배 피우기

이때 울리는 문자 메시지 보기

이름만 아는 사람의

사랑하는 사람 사망 소식에

조의(弔意) 문자

보낼까 말까 생각 궁굴리기

느닷없이 소식 보내면

이상하게 여기지나 않을까 멋쩍어

망설이다 기회 놓치기

그래도 보내야 하지 않을까

생각 되돌리기

결국 마음을 실어 보내지 못하고

미안하다, 미안하다 되뇌며
그저 내 소심함이나 탓하기

옛집에서

삼십여 년 만에 찾아온 집이다

창틈으로 새어나갔던 기억들이 빛처럼 스며든다

담요 펴놓고 아이들과 구슬치기하던 안방

공작 놀이 하던 손바닥 같은 거실

저물녘 집으로 돌아온 당신은

먼저 아이들의 하루를 씻어내고

지쳐 잠자리에 쓰러지면 아침이었던 기억,

거미줄 같은 이 숨 막힌 순간들을

어떻게 흘려보내나 한숨이 나왔지만

시간은 곤두박질치며 흘러가는 것이어서

콩 튀겨 먹듯 재빨리 세월이 흐른 뒤

그 집에 다시 서니 그때가 지금은 없다

돌아갈 수 없어 차오르는 슬픔이

먼 훗날 어느 순간에도 또다시 되살아나

나를 후줄근히 적셔낼 것이다

제5부

상강 무렵

프로메테우스가 인간에게 불을 훔쳐준 것처럼
니체가 낮은 마을로 산상의 초인을 내려 보낸 것처럼
사막이 기꺼이 한쪽 자리를 오아시스에게 내준 것처럼
언 땅이 혼신의 힘을 다해 풀꽃들을 키워낸 것처럼
가을은 농부들에게 열매를 주었다
나는 누구에게 무엇을 내준 적 있나
서릿발 밟으면 공허한 소리만 사각사각 부서진다

네팔, 그 어느 강가

무슨 큰 슬픔을 끌어안았기에
화장터에 모인 얼굴들이 저리도 창백한가?

이미 잿더미 된 주검 하나 강물에 흘러가고
막 재가 된 주검 하나 강물에 뿌려지고
또 하나 주검이 마지막 불꽃을 털어내고
어떤 주검들은 빨갛게 잉걸불을 피우고
죽어서도 줄 선 몇 구 주검들 뒤로
가슴에 꽃 얹은 또 다른 주검들이 꼬리를 무는

네팔 어느 강가, 죽은 이를 기리며
사람들은 강물에 동전을 던지고
거기 하루 끼니가 걱정인 깡마른 아이들이
주검이 무섭지도 않은지
연거푸 잿빛 강물에 자맥질하며 물속을 휘젓는

네팔, 화사한 꽃이 오히려 슬픈
그 어느 강가

쩔걱거리는 소리

부끄러워서였을까

그 집 할머니는 얼굴을 내밀지 않았다

풍랑주의보 내린 겨울 바닷가 그 집은

산더미 같은 파도 떼가 달려와서

금방이라도 끌고 가버릴 것 같았다

지상에도 캄캄하게 눈보라는 몰아쳐서

우리는 가느다란 눈을 한 채

까맣게 연탄을 날랐다

곳간에 연탄이 쌓여갈수록

할머니의 겨울나기는 따뜻할 거라고

생각하는 우리도 더불어 훈훈해졌다

이따금, 헝겊 기운 것 같은 양철 지붕에서

쩔걱거리는 가위 소리가 났다

끝내 그 집 할머니를 못 보고

우리는 떠나왔지만

언 몸을 녹이며 하얗게 웃는,

그 할머니의 붉은피톨들 소리가

내 안에서 쿵쿵 울려 나는 듯했다

한라산 구상나무를 바라보며

짙푸른 것들 속에 생기 잃어가는 것들이 있다

내란에 시달린 사람들처럼 몰골이 앙상하다

어느 독재자가 파놓은 구덩이에
아무렇게나 썩을 대로 썩어가다가
살점마저 다 떨어져나간 어느 날
빗물에 흙더미 살짝 휩쓸려간 사이로
불쑥 불거져 나온
수많은 손가락뼈 발가락뼈들 같다

나무줄기 타고 탱탱하게 부풀어 오르던
물관 소리 들은 지 아주 오랜 저것들

이파리도 나뭇가지도 지문도 삭제된 저것들

파편 맞은 듯 온몸이 뒤틀릴 대로 뒤틀린 저것들

그래서 지금은 모든 감각이 마비되어버린

허연 저것들 속마음을 짙푸른 것들은 알까

적셔주다

풍랑주의보 내린 제주 앞바다
파도 떼 허옇게 성나 울고 있었다
바닷가 도로 위 한복판
차바퀴에 치여 죽은 바다갈매기 한 마리
그리고 그 옆을 떠나지 않는 또 한 마리,
내가 탄 차가
그 발꿈치 가까이 이르도록
슬픔도 아픔도
그 어떤 위기도 감각할 겨를 없다는 듯
초월자처럼 길게 서 있었다
이따금 물줄기가 허공을 뚫아 오르다가
꽃잎처럼 사방으로 찢어져 흩날렸다
바다갈매기를 후줄근히 적시고 갔다
사람도 사람을 버리고 떠나는 세상에
바다갈매기, 그 바다갈매기는
어디론가 훌훌 날아가버리지 않았다
나는 그 앞에 차를 멈춰 세우고
망연히 그 모습을 바라다보았다

어떤 기적도 일어나지 않았다

아니, 주검을 지켜선 그 새가

메마른 나를 뭉클하게 적셔주었다

내일은 무지개

어느 날, 낯선 중년 부부가 우리 집을 방문했다
남편은 수리공이었고 아내는 보조를 했다
수리공은 삭은 방충망들을 손질하고
물이 새는 변기를 고치고
느슨해진 방문 손잡이들을 단단히 조였다
수리공이 땀 흘리며 애쓰는 동안
그 아내는 오가며 잔일을 도와주거나
필요한 연장을 건네주었다
수리공과 그 아내는 이따금씩
귀찮게 말을 거는 주인 아주머니 질문을
웃으며 잘 받아주었고
일도 시원시원해서 무척 호감을 샀다
그 수리공 아내의 소망은
언젠가는 사글세방과 결별하는 일이라 했다
어느덧 낡고 부서진 것들이
여기저기 번쩍거리며 눈을 떴다
그 중년 수리공 부부의 앞날도 그렇게
번쩍번쩍 빛났으면 하고 나는 생각했다

주인 아주머니가 쟁반에 받쳐 들고 온

싱그럽고 달착지근한 과일 주스를

서둘러 들이킨 수리공 부부는

다음 일터를 향해 부리나케 달려갔다

촉촉이 젖은 서녘 하늘가 쌍무지개가 고왔다

임 씨를 위한 노래

폐휴지에 곰팡이 핀 밥알들이 까맣게 엉겨 붙어 있다
피고름이 꽃잎 화석처럼 말라붙은 옷가지가 아프다
불량한 사진도 찢긴 채 불쑥 얼굴 내민다
해어진 걸레 쪼가리도 너덜너덜 기어나온다
때로 숨겨진 지폐도 화들짝 놀란 눈빛을 던진다
그럴 때면 어, 이것 봐라 하면서 침울하던 마음이
한순간 반짝 걷히기도 하지만
외진 길가에 썩어 문드러진 채 누워 있는 새 주위로
날벌레들 모여들듯
괴사한 살점 사이로 우글우글 유충들 괴듯
눅눅한 팔월의 바람이 흐를 때
임 씨는 숨이 턱 막히며 통증이 가슴을 긁고 간다

이 고약한 상황을 이겨내는 게 쉽지 않다고
이 순간의 우울은 죽음보다도 더 무섭다고
어디 누가 이기나 겨뤄보자는 듯
폐 가득 독한 담배 연기를 쑤셔놓고야 만다
푸, 하고 허공으로도 답답한 연기를 쏘아 보낸다

그러고 보니 괜히 억울하기 짝이 없다
누가 터무니없이 담뱃값을 올려놓았는지
누가 이 가난을 형형색색 꽃무늬로 오려 가는지
주눅 든 가슴이 더 오그라드는 쓰레기 분리 작업장
꺼칠한 혓바닥을 타고 목구멍이 뻑뻑해올 때
참, 애쓴다며 누가 물 한잔 권하기라도 할까
지독한 외로움이 뼛속을 타고 흐른다

그렇다고 주저앉지 마라
어느 날 선술집에서 우연히 만난 임 씨

입동(立冬)에

한 늙수그레한 여인이
저물어가는 얼굴로
막 은행을 빠져나와
눈이 빠져라 종이 통장을 들여다보며 걷는
길 위

떨어진 낙엽들,
바람에 휩쓸려 간다

스산하다

초승달

하늘을 날던 새
쪼아 먹다 남겨둔 홍시를
지나가던 구름이
마저 삼켜버렸다
어쩌나 저 새를,
내일 먹을 밥이 없으니

가볍게 사라져가는 것은 없다

1. 쭉정이에게

지금은 쭉정이가 되어
바람에 날려가지만
쭉정이도 한때
죽어라고 알맹이를 감싸주던
시절이 있었다
진실한 누군가를 위해
감히 목숨 걸던
한순간이 있었던 것처럼

2. 바닷게에게

식탁에 놓인 가위를 사절하고
바닷게 집게발가락을
아작아작 으깨어 씹어 먹은 다음 날
입술 안쪽이 아리도록 부르텄다
가위에 대한 예의를 지키지 않아서라고

아내가 한마디 했을 때
아니, 그보다도 그 죽은 바닷게가
마지막 남은 힘을 다 짜내어
나를 물어뜯은 것이라고
말하려다 그만두었다
바닷게가 받은 크나큰 상처에 비하면
내 상처는 상처가 아니다

3. 낡은 겨울옷에게

내 언 몸을 따뜻하게 감싸주던 겨울옷이
낡고 빛바래 이제는 쓸모없어졌다고
재활용통에 갖다 버리면서
나도 얼마 없어 따라갈 것이라고
이미 따라간 친구도 몇 있다고
딴 세상 가서 잘 지내라고
중얼거리며 돌아서는 애잔한 늦저녁

4. 버려진 피아노에게

깊은 여름밤 뜨거운 열기를 식히러

팽나무 아래로 나갔다가

그 옆에 버려진 피아노 한 대를 보았다

이빨 몇 개쯤 부러져 있으려니 생각하며

뚜껑을 열었다 닫는데

마침 악보 받침대가 덜컥 펴지며

땅, 하고 건반을 울려댔다

나 아직 죽지 않고 살아 있다고

내지르는 외마디 비명소리,

사람도 죽을 때 남은 기력을 모아

생애의 가장 값진 한 마디를 남기듯

가볍게 사라져가는 것은 없다

새 발자국

눈 위에 찍힌 새 발자국
내 눈에 발자국 찍네
먹을 것 구하러
이리저리 돌아다녀보지만
사방천지 아득한 눈보라뿐이네
내 눈에 찍힌 새 발자국
내 마음에도 발자국 찍네
내 마음 한 조각 베어내어
슬며시 눈 위에 놓아두네

불안한 대낮

집에 두고 온 것일까
아니면 그 흔한 휴대폰 하나 장만 못 한 것일까
설문대여성문화센터 무슨 공연 광고 붙여진
언덕길 공중전화부스에
한 번, 두 번, 세 번, 네 번……
짬만 나면 어슬렁어슬렁 찾아들어
짧은 통화를 남기고 가는 청년
푹 눌러쓴 모자 사이로 흔들리는 눈빛
어깨에 닿을락말락한 긴 머리칼
기름때 자국 눌러붙은 검정색 잠바
그가 나왔다 사라지는 조그만 철공소
곧 허물어질 것 같은 벽돌담 아래엔
갓 피어난 민들레꽃 두어 송이
위태롭기만 한데
그 가까운 찻집에 앉아
한동안 누군가를 기다리던 나는
그 청년의 수심 어린 눈빛보다는

저러다 사장의 눈 밖에 나면 어쩌려고 저러나

하는,

괜한 걱정이 앞서는 불안한 대낮

불꽃과 풀꽃

1. 몽상주의자

몽상 지피기 위해 아궁이 한 가득
삭정이 뚝뚝 분지르며
불꽃 지펴본 일 있습니까?
활활 솟구치는 불길 바라보며
부르르 몸 떨어본 일 있습니까?
때로, 야릇하고도 달콤한 환영이
불 사이를 가로지르며
피괴 본능을 불리일으키는 것을
느껴본 일 있습니까?
한 사내가 서울 시내 공중화장실에서
아무 이유 없이
아주 낯선,
한 여자를 죽였다는군요
사인(死因)은 사내의
신경계 이상 증세 때문이라고들 해요
내 안에도

그런 병적 증상은 잠자고 있어
어느 날 나도 모르는 사이
검은 악마로 깨어날까 봐 두려워요
그래요, 불길이 내 영혼으로 스미며
이리저리
끝없는 환몽 세계로 끌고 가요

2. 여성혐오주의자

서울 시내 어느 공중화장실에서
한 사내가
풀꽃 같은 여성을 꺾었어요
사내의 정신이상 증상이
살해했을 거라고 경찰은 진단했지만
여성 시민들은
여성에 대한 단순 혐오증이
그 여자를 죽인 원인일 거라며 반발했어요
여성이리면

너나 가릴 것 없이

언제 어디서나

비명횡사할 수 있다는

불안 의식이 고조되고 있는데요

부분을 놓고

너무 확대해석하는 것 아니냐고

경계하는 사람도 있지만

그러고 말기에는 무언가

미심쩍은 구석이 있기는 해요

인간의 피해망상증이나 파괴 본능은

개인적인 것인지

상대적인 것인지

가족적인 것인지

사회적인 것인지

환경적인 것인지

관습적인 것인지

맹목적인 것인지

유전적인 것인지

생리적인 것인지

정신적인 것인지

육체적인 것인지

자연적인 것인지

복합적인 것인지

우주적인 것인지

아니면 아주 사소한 것인지

앞뒤 없이 생각하며 걷는 동안

참 이해하기 어려운 인간들이라며

지나가던 새 한 마리

내 이마에 철퍼덕,

하얗고 까만

새똥 한 점 내지르고 가요

맑은 바다 풍경

칙칙한 작업복 셋이 비 맞으며 와서는
어느 선술집으로 들어간다
얼핏 보니 그 집 양철 간판에는
맑은 바다라는 상호와
설렁탕 한 그릇 사진이 달랑 박혀 있다
설렁탕 그릇에 담긴 말간 국물이
맑은 바다인지
그 집 안 풍경이 맑은 바다인지
주인 아주머니 마음이 맑은 바다인지
비록 실내는 허술하지만
맑은 바다를 상상하며
술잔을 기울이라는 뜻을 담은 것인지
겉으로만 보아서 알 수 없다
그래도 맑은 바다라는
이름을 지어 붙인 것을 보면
아마도 잠시나마 답답한 현실을
한잔 술로 싹, 씻어내고 가라는
고운 속내가 담겨 있는 것 같아
그 건너편에서
나도 맑은 바다로 떠나보는 것이다

제6부

사막 한 귀퉁이에 서서
— 쿠무다크 사막의 분가루 같은 모래 속에서

사막 한 귀퉁이에 서서

광막한 천지의 소리에

귀를 모으겠습니다

사막은 커다란 경전이요

모래들은 활자입니다

비바람에 깎이고 깎일수록

말씀들은 더 빛을 냅니다

몸 나날이 여위어도

마음은 흰 뼈 되어갑니다

작아질수록 더 커져갑니다

잔인한 기억
— 병령사 석굴 대불을 바라보며

친구 따라 우줄대며 절에 간 소년은 대웅전 문을 여는 순
간 뒤돌아보지도 않고 온 길 되짚어 냅다 뛰었다 숲속을 지
날 때 나뭇가지와 찔레꽃 가시들에 마구 찔리고 할퀴어 방울
방울 피까지 배어났지만 아까 금동불상을 보았을 때의 놀란
가슴에 비하면 아무것도 아니었다 알 수 없는 신비와 공포가
도사린 그 깊은 눈이 금방이라도 뒤쫓아 와 소년을 그냥 쓱
빨아들여버릴 것 같았다 그 자리에 푹 꼬꾸라질 듯 맥이 풀
리는 다리를 몇 번이나 추슬러 세웠는지 모른다 집에 도착한
뒤에서야 소년은 겨우 안도의 한숨을 내쉬며 참았던 울음을
울컥, 쏟아내었다

어느덧 나이 지긋해진 그 옛날의 소년은 이제 아무리 큰
불상을 보아도 전혀 무섭지 않다 소년이었을 때 무엇 때문에
그런 엄청난 충격을 받고 정신없이 도망갔는지 이해되지 않
았다 소년이 보았던 그 불상은 모든 인간고를 해탈하고 열반
에 드신 부처님의 대자 대비한 모습이라는 것을 나중에 알았
다 그날 그 소년은 왜 그랬을까? 혹, 사악한 악동은 아니었을
까 뭣도 모르고 장난삼아 메뚜기 날개와 다리를 하나하나 뚝

뚝, 분질러내며 못살게 굴던 그 잔인한 행위가 그 금동불상을 처음 보는 순간, 날카로운 칼날이 되어 스스로를 찌른 것은 아니었을까

어린 성자(聖者)
― 둔황 명사산에서

바람이 불면 우는 소리를 낸다는 명사산
내가 갔을 때는 하필 바람 한 점 없었다
쌍봉낙타를 타고 모래 위를 가는 동안
햇살만이 날카롭게 살갗을 찔렀다
우리가 탄
다섯 마리의 낙타 고삐를 끌고 가는 아이
모자도 쓰지 않고
얼굴 가리개도 없이
모래에 맨발 푹푹 빠지며 걷는
그 아이가 다름 아닌 성자였나
가끔 낙타를 세워 사진 찍어주며
씩, 천진난만하게 웃던
그 아이가 바로
어리석은 중생을 이끄는 불타였다
나도 낙타에서 내려
허공 연꽃 피워내며 함께 걷고 싶었지만
용기가 없었으므로
아이도 성자도 불타도 될 수 없었다
나는 왜 그때 낙타에서 내리지 못했던가

연꽃이 처음 가섭을 만난 날
— 막고굴 벽화에서 '소통'을 생각하다

다른 벗들은 내 붉은 입술에 한참 넋 빠졌을 때

가섭이 빙그레 짓는 미소가 나는 참 사랑스러웠네

진흙탕 물에 뿌리 내리고 그 물 빨아 먹으며

내가 사분사분 곱고 맑은 꽃으로 피어난다는 것을

가섭의 그 가지런한 눈썹이 꿈틀 알아챈 날

아 가섭이, 가슴으로 그 깊은 가슴으로

내 안으로 들어와 최초로 나를 읽은 그날이

여기 태어난 기쁨을 온몸으로 느낀 섬뜩한 날이었네

혜초가 서역으로 떠나던 마지막 날 밤의 독백
— 막고굴*에서 혜초를 생각하다

무슨 소리였을까 그것은, 댓잎을 흔들고 가는 소슬바람 소리였을까 오동나무 잎사귀로 내려앉으며 현악기를 뜯는 달빛 소리였을까 뒤뜰에 구르는 낙엽 소리였을까 벽장 속에 숨어 우는 귀뚜라미 소리였을까 끊기 어려운 곡기처럼 세상 인연이 허공과 허공을 손바닥 짚으며 밀려와 마음을 심란하게 하는 밤, 생로병사 긴 번뇌들이 뾰족한 송곳처럼 가슴을 후벼 파는 그런 밤, 자 이제 떠나야지 질긴 가죽신발 꿰어 신고 낙타가 있으면 낙타를 타고 없으면 타박타박 걸으며, 어디선가 끊임없이 나를 부르는 소리, 너의 어두운 마음 한복판에 세상 이치를 꿰뚫고 다스리는 혜안이 필요하지 않겠느냐고 삼라만상이 속삭이는 소리, 먼 서역의 경전이 서늘한 밤공기에 파장을 일으키며 파르르 떠는 소리, 자 이제 더 이상 망설일 시간이 없네 가다 사구에 파묻혀 스러지는 일이 있어도 가야 하고말고 암, 일어나 어서 가야 하고말고 다짐하며 무릎 세울 때 밤새 퀭해진 두 눈썹 위로 파들거리며 돋아나는, 찬란한 새벽빛

* 막고굴 : 혜초의 『왕오천축국전』이 발견된 곳.

비천(飛天)

― 막고 419굴의 춤추는 여인을 바라보며

낮게 깐 아쟁소리가 들려오는 듯하다

노랫가락에 맞춰 춤추는 저 여인은

분명 하계 사람이 아니다

자세히 보니 천계 사람도 아니다

내가 바라보고 있는 저 불화 속 주인공은

지금 반라(半裸)의 배꼽을 드러낸 채

긴 소맷자락 휘날리며 하늘을 날고 있다

그 모습이 요염한 페르시아풍의 여인 같다

세속세계와 천상계, 그 경계 어디쯤에서

누군가를 후리고 있는 것 같다

아니, 무념무상에 잠겨 있는 것 같다

아니, 고뇌하는 것 같다

고뇌 없는 사람이 어디 있겠는가

고뇌 없는 삶은 삶이 아니어서

고뇌를 풀기 위해 하늘 춤을 추는 저 여인,

그 여인을 나는 못 견디게 사랑하고 싶다

카라반
— 카라반의 하루를 떠올리며

주막에 닿아 또 하루를 걸어온 낙타 등짐 풀어주고
털들이 누운 자리 안쓰러운 듯 몇 차례 쓸어주고
오늘도 아무 탈 없는지 서로 눈빛 마주쳐 확인할 때
낙타 눈동자 사이로
오늘과 같은 힘든 내일이 파노라마처럼 펼쳐진다
이제 하루의 일을 마치고 잠자리 찾아 들어가는
카라반의 어깨 위로 칠흑 같은 어둠이 내려앉고
방안엔 골똘히 생각에 빠져들던 불빛이 훅, 꺼진다

슬픈 디아스포라
— 쿠무다크 사막에서 띄우는 편지

　모래들이 한순간 내 콧구멍, 귓구멍, 눈, 입, 심지어는 모공 하나하나에 이르기까지 버스럭거리며 파고드는 것 같았다 모래 속에서 모래와 뒹굴다보니 나는 모래가 되어버렸다 내 몸 내 정신 어디랄 것 없이 모래알갱이들이 쓱, 쓱, 사르륵, 사르륵 물결쳐오는 소리, 모래가 되어버린 나는 모래였다 어디에도 지난날의 나는 보이지 않았다 혹 모르지, 그곳에서 마지막으로 나를 보았던 친구는 "그는 모래 속으로 가더니 모래가 되어버렸어. 그 후로 그를 본 일이 없어. 모든 게 한순간 달라져버렸지. 그런 기이한 일은 처음 봐." 하고 놀랄는지도 모른다 혹은, "내 생애 처음으로 공포를 느꼈어. 느닷없이 사람이 모래가 될 수 있는가 말이야." 하고 잠시 연민에 빠져들다가 바쁘다는 핑계로 얼른 자리를 뜨고 말겠지 그래, 지금 나는 열병을 앓고 있다 섬 같은 외로움 속에서 새로운 세계를 꿈꾸며, 친구여

살아남는다는 것
― 쿠무다크 사막에서

내가 맨발로 모래를 밟자 모래들은 움직이기 시작한다 발에 패인만큼 모래들은 순식간에 비껴나며 바로 옆에 작은 구릉을 만든다 카멜레온은 몸 색깔을 바꾸며 위기를 벗어나고 별은 사람의 손길이 닿지 않은 곳에 떠서 살아간다 꺾이는 나무는 꺾이는 나무대로 휘어지는 나무는 휘어지는 나무대로 모두 각자도생의 방식을 알고 있다 그렇지 못한 것은 도태, 소멸 그 비슷한 길을 간다 거꾸로 캄캄한 모래바람이 아득히 불어와 나를 덮친다면 어떻게 될까? 그것을 피하는 방법이 통한다면 나는 살아남으리라 그렇지 못한다면…… 때가 되기까지에는 살아간다는 것, 살아남는다는 것이, 저 모래가 내 맨발이 차지한 깊이만큼 순발력 있게 피하는 방법과 무엇이 다르겠는가

사막 한가운데 풀집 가게를 내고 싶다

— 월아천 숲 그늘에서

가파르고 외따로운 사막 한가운데

거래를 하지 않아도 되는

아담한 풀집 가게 하나 내고

서늘한 그늘과 물을 팔고 싶다

여행에 지친 사막 나그네들이

잠시 쉬었다 가리

낙타에게는 부드러운 풀을 먹이리

낙타가 잘근잘근 되새김질하는 동안

사막 나그네들은

시원한 나무그늘에 앉아

목을 축이거나 고단한 눈을 붙이리

깔딱깔딱 목젖을 적시는 물소리가

저 뜨거운

모래산과 모래언덕을 거뜬히 넘겨주리

사막 한가운데

푸른 숲 향기 짙은 가게를 차리면

젖지 않고 가는 사람 없으리

교하 흙벽에 기대어

교하* 흙벽에 잠시 고단한 몸을 기댄다

따뜻한 그 무엇이 전류처럼 흐른다

그것은 단순히 뜨거운 햇볕의 열기 때문만은 아니다

수천 년 전 이곳에 살았을 사람들의 온기가

흙벽 속에는 스미어 있다

먼 미래의 한 사람이 이곳에 와서

이렇게 몸 기대 설 것을 그들은 알았을까

여러 차례의 전쟁으로

피폐한 삶을 겨우겨우 버텨나가다가

십삼 세기 무렵 마침내는

몽골의 침입으로 폐허가 되어버린 도시

열린 천장으로 푸른 하늘이 내려오고

바람의 교통이 자유롭다

사람의 삶이 허공에 머물다 떠나는 바람처럼

온 곳 없고 간 곳 없다

흙벽에 잠시 몸 기댔던 한 사람이 떠난 뒤

누가 또 그 흙벽에 알처럼 묻어둔

따뜻한 체온을 품으러 올까

사람은 체온을 느낄 때 온전히 사람이다

* 교하 : 중국 투루판 지역에 있었던 소왕국 교하고성(交河古城)을 줄
  여 씀. 교하고성은 두 개의 하류가 만나는 벼랑에 위치했기 때문에
  붙여진 이름이라 함.

떠나보내다
— 먼 길 나를 따라온 사막 모래들에게

너희들은 고향으로 돌아가고 싶지 않니,
하고 물으니
게눈처럼 작은 눈들이 슬픔으로 번들거린다

그날 쿠무다크 사막 지붕 용마루에
풀썩 주저앉았을 때
바지주머니로 스르르 흘러들어온 모래들

여행에 지친 내가 집이 그리워지듯
너희들도 그럴 것이라고
허나, 나는 너희들을 돌려보낼 방법이 없다

이산가족처럼 지그시
기다려야 할 것 같다
어쩌면 아주
돌아가지 못할지도 모른다

나는 망설이다 밖으로 나와

먼 허공 길 걸어서라도 고향으로 돌아가라고

바람에 모래들을 날려 보낸다

■ 작품 해설

하산하는 예술혼과 비천(飛天)하는 현실

홍기돈

1. 언어로 그린 자화상 『내일은 무지개』

시집 『내일은 무지개』에는 김광렬의 면모가 선명하게 배어 나온다. 그는 먼저 자신의 존재를 늘 깨어 있어야 하는 시인으로 규정하고 있다. 가령 "몽둥이를 들거나/달콤한 말로 달래"보아도 "시를 붙들고/죽어라고 놓지" 않겠다는 결의의 표백인 「뼈다귀를 문, 시인」을 보라. 어떠한 폭압이나 회유에도 물러나지 않겠다는 그의 오기가 드러난다. 무르익어 "화분처럼 곱다랗게" 전시되는 순간을 "아주 사라진다는 뜻"으로 이해하고 있는 시편은 어떠한가. 무르익는 대신 "한 천년 세월/독한 가시를" 키우면서 "그 가시로 나를" 찌르겠다는 태도에서 스스로에 대한 엄중한 성찰을 끝까지 이어나가겠다는 결기가 엿보인다(「무르익지 않겠다」). 또한 「나는 나다」에서는 굳이 자신의 귀를 마이산(馬耳山) 모양으로 만들지 않겠노라는 다짐도 나타난다. "나는 내 모습으

130

로 살아가는 것,/그것이 삶이다/작고 볼품없어도 나는 나다". 진리(眞理)에 매달릴 것이 아니라, 구체적이고 개별적인 일리(一理)에 근거하여 삶을 가꾸어나가겠다는 지향인 것이다. 이렇듯 시를 매개로 한 그의 방향 설정은 단호하고 분명하다.

반면 일상을 살아나가는 시인의 태도는 부끄러움이라는 정서로 집약된다. 그는 왜 부끄러운가. 첫째, 자본주의 체제의 일상이 자연 및 인간을 착취함으로써 운영되기 때문이다. 시집에 묶인 시들을 써내려갈 즈음 대한민국 현실이 비정상적이었던 사정도 여기에 개입한다. 너저분한 세계의 바깥으로 나아가지 못할 경우 자의식 강한 자는 부끄러울 수밖에 없다. "커피가 니그로의 눈물이라면/사막이 낙타의 고통이라면/촛농이 대한민국의 아픔이라면/바람은 제주의 한숨//나는 여태껏 니그로의 눈물을 마셔왔고/얼마 전에는 사막의 낙타를 탔었고/지금은 제주시청 앞에서 촛불을 켜 들었고/아주 오래전부터 제주의 한숨 속에 살아왔다//…(중략)…//모든 게 당연하다고 생각했을 뿐/통증은 잎사귀에 잠시 몸살 앓다 가는/바람 같은 것이라 여겼을 뿐"("부끄러움이 나를 부스럭거리게 한다」1, 2, 5연). 유유자적 누리는 일상의 여유가 어떠한 구조와 원리로 운행하는가를 문득 깨달은 시인이 부끄러움을 느낄 때, 삶의 구석으로 내몰린 어느 할머니도 부끄러움에 빠져 있다. 「쩔걱거리는 소리」를 보라. 노파는 "산더미 같은 파도 떼가 달려와서/금방이라도 끌고 가버릴 것" 같은 "바닷가 그 집"에 살고 있다. 노파의 겨울나기를 위하여 연탄을 날랐으나, 그녀는 얼굴조차 내밀지 않는다. 다만 "이따금, 형

겊 기운 것 같은 양철 지붕에서/쩔걱거리는 가위 소리가" 났을 따름이다. 노파는 왜 모습을 드러내지 않았을까. 시인은 그녀가 자신의 처지를 부끄러워했기 때문일 것이라 추측하고 있다.

시인이 부끄러움 타는 두 번째 이유로는 그만의 도저한 섬세함을 꼽을 수 있겠다. 존중하기는 하나 이름만 겨우 아는 사람의 사망 소식을 문자메시지로 접하면 대개 무시해버리게 마련이다. 그런데 김광렬의 경우는 어떠한가. "보낼까 말까 생각 궁굴리기/느닷없이 소식 보내면/이상하게 여기지나 않을까 멋쩍어/망설이다 기회 놓치기/그래도 보내야 하지 않을까/생각 되돌리기/결국 마음을 실어 보내지 못하고/미안하다, 미안하다 되뇌며/그저 내 소심함이나 탓하기"(「한나절나기」). 누군가에게 실수했을 경우에도 시인은 어찌할 바를 모른다. 기침하다가 침방울이 옆자리 여자에게 튀었다. "더듬거리며 사과"하여 괜찮다는 대답을 들었으나, "그래도 무언가 모자라다고 생각한 나는" "거듭 사과"하였고 이에 그녀는 짜증을 낸다. "사과를 받아주지 않는다고 착각한 나는/공연장을 나서는 그녀를 뒤따라가면서까지/다시 거듭거듭 사과했다". 결국 "사색이 된 그녀가, 갑자기,/길바닥에, 철퍼덕, 주저앉더니/제발 내 곁에서 사라져달라고" 애걸하는 상황이 벌어졌다(「스토커?」). 무엇이 문제였을까. 개체로서의 인간과 인간 사이에는 통상 어느 정도의 거리가 작동하는바, 섬세한 시인에게는 그렇게 방치 혹은 허용된 영역에 대한 처리가 버겁게 다가서기 때문이다. 이는 존재에 대한 불안과 연동하는 사항이라 할 수 있다.

김광렬의 『내일은 무지개』는 ⊙ 스스로에 대한 각성한 시인으로서의 규정과 ⓛ 존재자의 실존에 잇닿는 부끄러움이라는 감정, 두 개의 축을 중심으로 구성되어 있다. 그리고 그 두 축의 긴장 사이에서 ⓒ 깨달음에 관한 인식이 빚어진다. 따라서 『내일은 무지개』에 대한 논의는 이러한 세 갈래를 따라가며 진행되어야 온당하겠다.

2. 종교 층위에 놓인 예술과 김광렬의 결기

간혹 예술을 종교 층위에서 파악해나가는 경우를 접할 수 있는데, 김광렬 또한 이러한 범주에서 이해할 수 있지 않을까 싶다. 예술을 통한 상승(=초월) 가능성에 침윤해 있기 때문이다. 「새의 부리」에 등장하는 화가 강요배는 "다랑쉬오름 분화구에/ 솥처럼 풍성한 낮달을 앉혀두었다가" 하늘로 띄워 올리며, 막고굴 불화 속 "고뇌를 풀기 위해 하늘 춤을 추는 저 여인"은 "세속세계와 천상계, 그 경계 어디쯤에서" 자리를 마련하고 있다(「비천(飛天)」). 이처럼 김광렬에게 예술은 지상과 천상을 매개하는 수단이다. 뿐만 아니라 죽음에 생기를 불어넣는 것이 바로 예술이기도 하다. 이중섭의 〈황소〉 그림을 보고 써나간 「힘」에서 이는 선명하게 나타난다. 이중섭으로 표상되는 예술가는 "여기저기 어지럽게 널린 뼈다귀들/재빨리 주워 모아" 생명을 불어넣는 존재이다. "두 눈 딱, 부릅뜨고/뿔 당차게 앞으로 내밀고/쇠뭉치같은 콧김 내뿜으며/발가락 으스러져라 흙바닥도 긁으며/금방이라도 그림 속을 뚫고/뛰쳐나올 것 같다" 그와 같은 시인의 인식이 「악기를 든 여인들」에서는 "귀 닫힌 베토벤도 마음으로 영혼의 소리를 들었듯/마음으로 그림을" 읽는다거나 "죽어서도/저승의 쓰리고 아픈 말씀/화폭에 옮겨 심어야 하느니"란 표현으로 변주된다.

『내일은 무지개』에 나타나는 김광렬의 예술관을 이렇게 파악한다면, 영혼의 소리를 따라 서역으로 먼 길 떠난 혜초 또한 또 한 명의 예술가라 할 수 있겠다. "생로병사 긴 번뇌들이 뾰족한 송곳처럼 가슴을 후벼 파는 그런 밤"으로부터 "찬란한 새벽빛"으로 나아가는 과정은 세속 세계로부터 천상계로 올라서려는 노력과 일치하기 때문이다. 김광렬을 매개로 하여 혜초는 출행의 심정을 다음과 같이 들려주고 있다.

무슨 소리였을까 그것은, 댓잎을 흔들고 가는 소슬바람 소리였을까 오동나무 잎사귀로 내려앉으며 현악기를 뜯는 달빛 소리였을까 뒤뜰에 구르는 낙엽 소리였을까 벽장 속에 숨어 우는 귀뚜라미 소리였을까 끊기 어려운 곡기처럼 세상 인연이 허공과 허공을 손바닥 짚으며 밀려와 마음을 심란하게 하는 밤, 생로병사 긴 번뇌들이 뾰족한 송곳처럼 가슴을 후벼 파는 그런 밤, 자 이제 떠나야지 질긴 가죽신발 꿰어 신고 낙타가 있으면 낙타를 타고 없으면 타박타박 걸으며, 어디선가 끊임없이 나를 부르는 소리, 너의 어두운 마음 한복판에 세상 이치를 꿰뚫고 다스리는 혜안이 필요하지 않겠느냐고 삼라만상이 속삭이는 소리, 먼 서역의 경전이 서늘한 밤공기에 파장을 일으키며 파르르 떠는 소리, 자 이제 더 이

상 망설일 시간이 없네 가다 사구에 파묻혀 스러지는 일이
있어도 가야 하고말고 암, 일어나 어서 가야 하고말고 다짐
하며 무릎 세울 때 밤새 퀭해진 두 눈썹 위로 파들거리며 돋
아나는, 찬란한 새벽빛

— 「혜초가 서역으로 떠나던 마지막 날 밤의 독백」 전문

"세상 이치를 꿰뚫고 다스리는 혜안이" 열리려면 먼 서역으로
떠나야 한다. 도중에 "사구에 파묻혀 스러지는" 위험이 널려 있
지만, 스스로를 구원하여 날아오르기 위해서는 그러한 위험 따
위야 기꺼이 감당해야만 할 터이다. 이러한 혜초의 다짐 위에
앞서 살펴보았던 김광렬의 스스로에 대한 규정, 즉 늘 깨어 있
어야 하는 시인으로서의 인식을 포개어 읽을 수 있다. 혜초가
구도(求道)에 목숨을 내걸었듯이, 김광렬 또한 온 존재를 걸고
"벼랑 끝에서 간신히 움켜잡는 아슬아슬한 나뭇가지"인 양 시에
매달려 있다(「나의 시」). 그러한 까닭에 그는 "시를 붙들고/죽어라
고 놓지" 않겠다는 결의에 차 있을 수밖에 없으며, 무르익어 "화
분처럼 곱다랗게" 머무르는 순간이 사구(砂丘)에 파묻혀 "아주
사라진다는" 지점이라는 사실을 명징하게 인식하지 않을 수 없
는 것이다.

길을 나선 자는 아무런 의심 없이 앞으로 나아가야만 한다.
흘깃 돌아보았다가는 낭패에 빠지고 말 터이기 때문이다. 그런
점에서 『그리스 신화』에 등장하는 예인 오르페우스는 그의 반
면교사라 할 수 있다. 지하세계에서 바깥으로 향하던 오르페우
스가 한 번 뒤돌아보자 어떤 사태가 발생했던가. 머무름에 대

한 불안을 김광렬은 다음과 같이 토로하고 있다. "편안한 칩거를 거부하지 않으면 미래의 나는 없을 것 같은 끝없는 불안감, 어떻게 해야 하는가 그 답을 아직 나는 찾지 못했다 여전히 틈만 나면 쿵쾅거리며 심장을 치는 피톨들, 그들의 끈질긴 물음을 나는 찾아주어야만 할 것 같다"(「피톨들의 물음」). 시를 둘러싼 김광렬의 결기는 바로 이러한 불안감의 이면으로 이해할 수 있다. 그는 오로지 매 순간 "하얗고 붉은 시(詩) 꽃잎 몇 장"만을 바라보며 앞으로 나아가는 자인 것이다(「수련」).

3. 대대(待對)의 초월론과 가벼운 하강

김광렬의 결기는 가볍게 비상하지 않는다는 점에서 나름의 의미를 획득하게 된다. 즉 허공 속으로 공허하게 사라지는 것이 아니라, 현실의 무게를 끌어안으며 세상과 더불어 부끄러움을 넘어서려는 데 의미가 있다는 것이다. 가령 "사막이 낙타의 고통"인데, 그는 "얼마 전에는 사막의 낙타를" 탔었다. 그렇게 누군가의 통증을 당연하게 여겼던 자신이 부끄러웠다고 진술하고 있는 시편이 「부끄러움이 나를 부스럭거리게 한다」의 일절이다. 이러한 구절을 써내려갈 때 그는 부끄러움의 반대편까지 바라보고 있다. 「어린 성자(聖者)」가 이를 드러낸다. "우리가 탄/다섯 마리의 낙타 고삐를 끌고 가는 아이/모자도 쓰지 않고/얼굴 가리개도 없이/모래에 맨발 푹푹 빠지며 걷는/그 아이가 다름 아닌 성자였다". 아이/어린 성자/불타로 인하여 그는 부끄러움을

136

느꼈다. 그러면서 그는 어린 성자와 하나가 되어 부끄러움을 넘어서지 못한 데 대하여 자책한다. "나도 낙타에서 내려/허공 연꽃 피워내며 함께 걷고 싶었지만/용기가 없었으므로/아이도 성자도 불타도 될 수 없었다/나는 왜 그때 낙타에서 내리지 못했던가". 그러니까 부끄러움을 느끼는 자신이 부끄러움을 느끼도록 하는 대상과 하나가 되어 부끄러움이 피어나는 지점을 넘어서는 것이 김광렬의 초월론인 셈이다. 따라서 세계 인식의 방식을 보건대, 「부끄러움이 나를 부스럭거리게 한다」가 부끄러움을 매개로 하여 「쩔걱거리는 소리」와 대칭하여 마주하는 것은 결코 우연이라 할 수 없다.

흥미로운 사실은 김광렬이 미움의 대상까지도 같은 방식으로 끌어안고 있다는 점이다. 「부끄러움이 나를 부스럭거리게 한다」에는 "내가 켠 촛불이 사람들의 찢긴 가슴이라는" 사실을 되새기며 부끄러움을 느낀다는 진술도 나타난다. 적폐가 창궐하는 현실과 대면하여 이를 무기력하게 방치해왔던 데 대한 자책일 터이다. 그런데 「채널 바꾸기」에서는, "광장의 촛불을 품고 다른 세상이" 열리자 그가 촛불 들고 맞섰던 대상을 자신의 일부로 이해하는 모습을 보여준다. "사람이 사람을 미워하는 일이/얼마나 수렁 같은지 아는 사람은 안다/내 안의 나가/또 다른 나를 힘껏 밀어내버리는 것 같다" 적폐 청산에 동참하면서도 동시에 불교에서 말하는 공업(共業) 개념에 입각하여 스스로에 대한 성찰까지 수행하려는 것일까. 분명한 것은 청산하되 청산의 대상까지 자기 안으로 끌어안는 이러한 관점이, 투쟁과 해방의 직선적

역사 인식보다는, 대대(待對) 관계에 근거하는 동아시아 전통사상의 역사 인식에 다가서 있다는 사실이다.

아마도 김광렬의 도저한 섬세함은 이와 무관치 않을 터이다. 경계하고 넘어서야 할 바깥 대상이 '내 안의 (어떤) 나'와 어떻게 잇닿아 있는지 성찰하는 시선이 두루뭉술할 수는 없겠기 때문이다. 그런 점에서 시편 「불꽃과 풀꽃」이 관심을 요한다. "한 사내가 서울 시내 공중화장실에서/아무 이유 없이/아주 낯선,/한 여자를 죽였다는" 사실을 접하고 시인은 두 가지 반응을 함께 나타낸다. ⓐ 몽상주의자: 시인은 "활활 솟구치는 불길 바라보며/…(중략)…/파괴 본능을" 느껴본 일이 있다. 그래서 두렵다. "내 안에도/그런 병적 증상은 잠자고 있어/어느 날 나도 모르는 사이/검은 악마로 깨어날까 봐 두려워요". ⓑ 여성혐오주의 비판: "여성에 대한 단순 혐오증이/그 여자를 죽인 원인일" 것이라는 주장에 대해 "너무 확대해석하는 것 아니냐고/경계하는" 이들에게 시인은 반대 의사를 드러낸다. "그러고 말기에는 무언가/미심쩍은 구석이 있기는 해요". ⓐ에서 시인이 자기 내면을 응시하고 있다면 ⓑ에서는 자기 바깥의 논의에 경청하는 양상이다. 따라서 「불꽃과 풀꽃」에서도 대대 관계에 입각한 인식은 유효하게 이어진다고 할 수 있다. 그런데 이때 흥미로운 지점은 '활활 솟구치는 불꽃'이 상승하는 방향이라면, 한 사내에게 꺾인 "풀꽃 같은 여성"은 죽어서 바닥으로 쓰러져 하강한 상태라는 사실이다.

자기 바깥의 야만까지도 자신의 일부인 양 섬세하게 끌어안는 의식은 가볍게 비상하지 못한다. 무거운 현실이 비상의 발판으로 전제되므로 상승에 앞서 하강이 요구되는 까닭이다. 이로써 『내일은 무지개』에 나타나는 하강 이미지를 이해할 수 있게 된다. 김광렬에게 하강은 상승을 위한 준비에 해당한다. 하강과 상승이 겹쳐 있는 「꿀잠을 위해」의 다음 구절을 보라. "벤치에 늘어지게 누워 한 사람/모락모락 단꿈을 피워 올리고 있다". 등장인물의 단꿈은 가장 낮은 자세로부터 모락모락 피어오르고 있다. 그런 점에서 이 사람은 딱딱한 고체에서 녹아 액체가 되었다가 기체로 승화하는 초와 닮았다. 이 이는 "촛불집회에서/촛불을 켜 든 사람" 아닌가. 또한 하강은 상승을 예비하고 있으므로 무거움을 벗고 가벼워질 수 있다. 그래서 "땅바닥에 지천으로" 떨어지는 등나무 꽃은 "재미있다는 듯/빗자국 위로" 또 떨어지는 것이며, "분분히 흩날리는 모습이" 황홀한 것이다(「등나무 꽃길에서」). 이는 결국 죽음의 방향으로 가라앉게 되는 「삶」에 대해 이야기할 때도 유효하다. "내가 저 샛노란 은행잎처럼/햇살에 눈부시게 반짝이다/가진 것 하나 없이/떨어져갈 존재임을 안다면/추락하는 깃이 가벼우리라"(「삶」 전문).

『내일은 무지개』에 실린 2부 촛불집회 시편들과 3부·5부로 묶인 시편들은 김광렬이 현실에 내려앉아 써나간 결실이다. 이러한 범주의 작품에 드러나는 진중한 의식이 앞서 분석했던 비천하고자 하는 예술혼을 비끄러매고 있다. 『내일은 무지개』를 축조해나간 동력은 꿈을 좇아 비상하려는 힘과 현실에 밀착하려는 하강의 중력 사이에서 마련된 것이다.

4. "푸름을 뒤집어쓴 내 영혼"

　종교에서 각성한 자는 하강하는 경향을 띤다. 하늘의 뜻을 땅 위에서 이루기 위함이다. 예수의 하산은 대표적인 사례로 꼽을 수 있다. 그렇지만 땅을 일구고 사는 이들의 상상력에서는 땅이야말로 생명의 원천이다. 그래서 「나의 뿌리」라는 수사가 가능해지는 것 아니겠는가. "나를 여기에 있게 한 조상이 나의 뿌리라면/나는 내 자식들의 뿌리이기도 하다". 김광렬이 대지의 상상력으로 기울어질 때 「돼지감자 밭에서」와 같은 시편이 만들어진다. "나는 땅을 파고/당신은 부드럽게 흙을 고르고/함께 돼지감자를 심었으니/당신과 내가 흘린 땀을/피땀이라 하자"(1연). 물론 종교에서의 각성과 대지의 상상력이 맞부딪쳐 충돌하는 것은 아니다. 산꼭대기에서 내려왔든, 땅 표면을 뚫고 올라왔든 이는 깨달음을 읻고 실행하기 위한 방편에 불과하기 때문이다. 그러니 초점은 내가 얻은 깨달음과 이의 실행이 얼마나 생명력 있는가에 맞춰져야 하겠다. 「상강 무렵」은 시인이 제 자신을 이러한 문제 앞에 내세우고 있는 시편으로 읽힌다.

　　　프로메테우스가 인간에게 불을 훔쳐준 것처럼
　　　니체가 낮은 마을로 산상의 초인을 내려 보낸 것처럼
　　　사막이 기꺼이 한쪽 자리를 오아시스에게 내준 것처럼
　　　언 땅이 혼신의 힘을 다해 풀꽃들을 키워낸 것처럼
　　　가을은 농부들에게 열매를 주었다
　　　나는 누구에게 무엇을 내준 적 있나

서릿발 밟으면 공허한 소리만 사각사각 부서진다

—「상강 무렵」전문

시인은 자신이 이룬 바에 대해 '공허한 소리만 사각사각' 부서진다고 진술하고 있으나, 어쩌면 그야말로 나름의 깨달음에 다가선 징조로 이해할 수 있다. 삶이란 본디 부조리한 것이어서 무(無)를 향해 나아가며 그 과정에 의미를 덧입히는 행위의 연속이 아니었던가. 그래서 스스로를 비워낸 옛 선사는 공(空)한 삶에 대해 다음과 같이 갈파한 바 있다. "종일토록 행하여도 일찍이 행한 바 없고 종일토록 말하여도 일찍이 말했다 할 바 없다."[1] 김광렬이 옛 선사가 도달했던 무심(無心)의 경지에서 무위(無爲)를 이야기한다고 단언할 근거는 미약하나, 가벼운 하강을 가능케 했던 자기 비우기("가진 것 하나 없이/떨어져갈 존재")로 판단하건대, 옛 선사가 도달했던 경지를 향해 꾸준히 나아가고 있었다고 말할 수는 있겠다. 아마도 「회(鱠), 날아오르다」와 같은 시편은 그러한 도정에서 창작되었으리라. 주지하다시피 회(鱠)란 삶과 죽음, 그러니까 유(有)와 무(無)의 두 속성을 끌어안고 있는 매개물인바, 회가 "도마와 접시 사이 허공을 힘차게 날아"오르며 "바다에 눈을 맞추는 일"을 감행할 때, 시인 역시 유와 무 양편에 발을 딛고 깨달음의 가능성을 타진하고 있는 형국이 되기 때문이다.

---

1 극근(克勤)·중현(重顯), 「제16칙 껍질을 깨고 나옴[鏡清啐啄]」, 『碧巖錄』 上, 藏經閣, 1993, 150쪽.

『내일은 무지개』 6부의 실크로드 시편들과 4부에 묶인 귀향 모티프 시편들은 그러한 맥락을 배면에 깔고 읽어나가게 된다. 가령 생명력을 상징하는 물이 남아 있지 않은 「사막 한 귀퉁이에 서서」 시인이 "사막은 커다란 경전이요/모래들은 활자"라는 깨달음을 얻고 "작아질수록 더 커져"간다고 토로하고 있는 장면을 보라. 불모의 터전[無]에서 삶[有]의 경건함이랄까 소중함을 체득할 수 있었기에 모순어법이 가능해진 것이다. 시인의 실크로드 행은 이를 확인하기 위한 길 떠남이었고, 실크로드 시편들은 여행에서 얻은 깨달음의 과정이다. 진부하기는 하나, 귀향 모티프를 담고 있는 시편들은 삶도 결국 여행이라는 관점에서 이해할 수 있다. 4부의 가장 앞에 실린 「제주 바다는 젖어서 돌아온다」에서 몇 번 반복되는 것처럼, 김광렬은 현재 돌아가는 중이다. 하지만 「잃어버린 어머니를 찾아서」 연작에서 나타나듯이, 그가 돌아가 안길 대상은 지금 여기에 자리하는 것이 아니라, 그의 기억 속에 존재한다. 이렇듯 귀향 모티프로 묶이는 시편들은 시인[有]-관념(기억)-어머니/고향[無]의 관계를 기본형으로 구축되어 있다. 유와 무의 중첩 위에 놓여 있다는 것이다.

그렇다면 유와 무의 중첩 위에서 펼쳐지는 삶은 대체 뭐가 다를까. 여기에 대한 답변은 김광렬 자신의 몫으로 남겨두기로 하자.

　　보리밭이 펼쳐져 있다
　　보리들이 숨 쉬고 있다

팽창하는 숨구멍이 보이는 듯하다
숨구멍을 빠져나온 공기 방울들 푸르다
그래서 보리밭은 온통 따뜻하다
지금 나는 살 것 같다
잿빛 도시로부터 와서
푸름을 뒤집어쓴 내 영혼,
보리처럼 쑥쑥 자랄 것이다
탄탄하게 여물 때까지
누렇게 무르익을 때까지
거둬들일 때까지
밥그릇에 담길 때까지
푹 썩어 거름이 될 때까지
결국 무엇을 남기는가?
세상의 한 그릇 따뜻한 숨결이다

—「따뜻한 숨결」전문

洪基敦 | 문학평론가 · 가톨릭대 교수